JN060176

失敗のススメ

朋傘 昭
TOMOKASA Aki

文芸社

はじめに

私は小さい頃から「落ち着きがない」とか「忘れ物が多い」とか、通知表によく書かれていました。

それは大人になっても全然変わらず、自分ではスキのないカッコいい女のつもりだったので、失敗する自分を認められませんでした。


そんなある日のこと、同じ場所への何度目かの出張だったので、ちょっと油断していたせいもあり、乗り間違いの失敗をやらかしました。

その日は新宿から京王線で、八幡山で降りる予定でした。

前に乗った時に早いのに乗れて得した気分になったのを覚えていて、ホームにちょうど来ている電車が「準特急」となっていたので、これだったかなあと思いつつ乗り込みました。

電車が走り出して「次は桜上水」というアナウンスを聞いて、おー早く着くなあ、なんてのんきにしていたら、「次はつつじヶ丘」とアナウンスがあり、「嘘でしょ！　なんで八幡山には停まらないの」と電車の中から八幡山駅を見送りました。

京王線には「快速」「準特急」「急行」「特急」「区間急行」などがあり、前回乗った「快速」は八幡山に停まりますが、今回間違えて乗った「準特急」は停まらないのです。京王線恐るべし、ですよね。


出張から戻って、部長へ報告をする際に、この乗り間違いの話をすると大爆笑。隣で聞いていた課長も、「次も期待しているよ」なんて笑顔です。

そうして毎回出張報告&失敗報告をするうちに、嫌だった出張にもワクワクするようになって、次は私、どんなことやらかすかなあ……なんて思えるようになったのです。

そう、それまで恥ずかしかった方向オンチも、置き忘れの失敗も〝みんなの笑顔の種〟だって気がついたのです。

この本はそんな私の失敗集です。

なんだよ、ただの失敗談かよ……と思ったそこのアナタ。

私の失敗は、そんじょそこらの失敗とはクオリティーが違うのです。

騙されたと思って読んでみてください。

きっと、あしたが楽しくなりますよ。

失敗のススメ◎目次

はじめに　3
1. 初めての出張　9
2. たどり着けないホテル　その1　13
3. たどり着けないホテル　その2　17
4. 上野ってどこ？　20
5. 山手線の怪　24
6. それ間違う？　28
7. 夕食あるある　その1　32
8. 夕食あるある　その2　36
9. おせんべい？　39
10. 戻ってくるサイフ　その1　44

11. 戻ってくるサイフ　その2　48
12. 戻ってくるサイフ　ベスト1　50
13. ポストに入れちゃいけません　55
14. 恐怖！　閉まらないドア　58
15. 双子のビル　64
16. バス停の恐怖　67
17. 震災の忘れ物　69
18. 挨拶は大事　76
19. 忘れグセは遺伝する　78
20. オマケの話　82
おわりに　87
応援メッセージ　89

1．初めての出張

私は宮城県に住んでおります。

出張するのは全国各地ですが、やはり東京方面が多かったです。

私の初めての出張も東京都内の得意先の会議への出席でした。

その当時、出張する際に空いていれば会社の携帯を借りることができましたが、その頃の携帯にはまだナビなんて付いていませんでした。

だから、駅から得意先までの地図の他に、改札から出口までの地図も上司に持たされた記憶があります。

さて、駅の改札から出口までは順調でした。とは言っても、地図を見てもさっぱり分からず、

「スミマセン。駅北口はどっちでしょうか？」

と、周りの温かい皆さんに助けられてたどり着いたのですが……。

話は変わりますが、都内の皆さんにかぎらず、全国の皆さんは優しいです。

忙しいのに、ほとんどの方は立ち止まって、こんな私に道案内してくれました
……ありがたかったです。

そんなこんなで駅を出ると、そこはペデストリアンデッキになっていました。

上司から持たされた地図を引っ張り出し、ぐるぐる周りを見渡しましたが、地図に書いてある「〇〇通り」なんてどこにも見当たりません。

ちょっと下に下りてみました。

銀行がありますが、地図には見当たりません。

どうしよう……。

会社から借りた携帯電話で急いで会社に連絡しましたが、課長はあいにく会議中で、かわりに部長が出てくれました。

「スミマセン。お客さんのとこに着けません」

「今どこにいるんだ？」

「ペデストリアンデッキのはじっこです」

部長も当然これだけでは分かりません。今の私ならそう思いますが、当時の私はかなりテンパってました。

「どこのペデストリアンデッキ？」

「駅前のです！」

部長もようやく私が出張に出ていることを思い出してくれたようで、

「いいか、駅を背中にして立て。そして前に何が見えるか教えてくれ」

今なら分かります。でも、この頃の私はまだ十九歳、世の中のことがよく分かっていませんでした。

「部長、駅は背中になりませんが……」

部長も私を出張に出したことを、ものすごく後悔したと思います。

「あのな……じゃあ順番にいこう。駅はお前の前にあるか？　後ろか？　右か？

左か？」

「後ろです」

「よしよし。よく分かった。まっすぐ前に何が見えるか教えて」

「えーと、看板が見えます！」

「はあ？　なんの看板？」

というようなやりとりをけっこう長い時間続け、私が目的地に到着するまで、部長にはかなり親切なナビをしていただきました。

今はスマホがありますから、ほとんどの場所はナビが案内してくれるので、迷子になる確率は格段に低くなりましたが、たとえスマホがあっても、地下やビルの陰は電波が届かないこともあるので要注意です。

ナビに頼りすぎて失敗したこともありますが……それは別の機会に。

出張は山ほど行きましたが、地図を読み解くスキルはとうとう会得できませんでした。

オマケの話ですが、実はこの会社の面接を受けた時に、私を採用してくれたのがこの部長でした。

もしかしたら、

「なんでこんなやつを採用しちゃったのかあ……俺の失敗だぁ……」

と思っていたかもしれません。今度会ったら是非聞いてみたいような、聞くのが怖いような気持ちです。

2. たどり着けないホテル　その1

私は仕事柄出張が多かったのです。

そのため、各地のいろんなビジネスホテルにお世話になりました。

数えてみたら、なんと七〇か所もの違うホテルに泊まっていました。

昔からホテルの予約はオンラインでできましたが、今みたいに携帯やスマホの

「ナビ」なんてありませんでしたから、最寄りの駅からは自分でなんとかするしかなかったのです。

予約する際の一番のポイントは、駅から徒歩何分で行けるか、です。

徒歩一五分以上は選べません。

一〇分だと、まだかなり迷います。

五分以下なら即決です。

――そう、私は〝極度の方向オンチ〟なのです。

初めて行くホテルに一発でたどり着ける確率はなんと1％以下でした。

そんなことないでしょ、と思ったアナタ！　方向オンチをナメちゃあいけません。電車を降りる時には車窓から見えていたホテルも、電車を降りてホームの階段を通り、改札を抜ける頃にはあら不思議、なんと見えなくなっています。そこからはホテル探しの大冒険が始まります。

私だってホテルの地図は、ちゃ～んと印刷して持ってきていますよ。でもね、地方ならともかく、都会では「出口は北1」となっていたとしても実際に行ってみると、北1の出口が右と左にあるんですよ。しかも勘で選んだ出口は100%の確率で外れます。

ある日、いつも最後に選んだ方で外れるから、今日は逆の左だあ！　とやってみましたが、みごとに外れました。

——嘘ではありません。私は〝迷子の天才〟です。

では、外れた時はどうするのか？　とりあえず一〇分間まっすぐ歩きます。そして、「ホテルに着かない＝迷子」をまず認識します。仕方がないので、今来た道を戻ります。そして見つけたコンビニに入り、「スミマセン。〇〇ホテルってどこでしょうか？」と聞きます。

店員さんも親切です。なかには地図を出してくださる人もいらっしゃるのですが、私が「地図を見てもわからないので……」と話すと、たいていは外に出て、まず駅まで戻ることを勧めてくれます。

数多く行ったホテルのなかで、道を迷わず着いたのはたった一か所でした。

その名は「東横イン 岩槻」。

埼玉県にあるホテルですが、確かに予約のホームページでは「駅からすぐ」と書いてありましたが、そんな言葉は信用できません。駅直結って書いてあったって同じです（ホテルさんごめんなさい）。過去に何度も迷子になった経験がありますから……。

このホテルも駅からそこそこ歩くのだろうなあって思いながら改札を抜け、言われた駅の出口を抜けて、ふと顔を上げると、右前方に「東横イン 岩槻」の看板が見えるではありませんか。

私には駅からホテルまでの道が白く光って見えました……奇跡です。

ちなみにここはビジネスホテルですが、お風呂にミストシャワーが付いていて、すごくおすすめです。

というわけで、私にとって初めて行くお客さん&初めて行くホテルはいつも大冒険でした。

3．たどり着けないホテル　その2

初めて泊まるホテルはまっすぐに着けず、毎回あれこれ迷子になる私ですが、たくさんの街の方々の助けもあり、だいたい三〇分もあればたどり着きます。

東京の新宿歌舞伎町のホテルに宿泊した時も、駅から徒歩一〇分という割にはだいぶ歩きました。この時はナビがありましたが、ナビには空気を読む力はないようで、スーツケースを引っ張って、ラブホテル街をガラガラガラガラ……申し訳ありません！　って通った記憶があります。

そんな私ですが、もしかして一生たどり着けないんじゃないか……と本気で思ってしまったホテルの話です。

そのホテルは東京の巣鴨にありました。

チェーン店ではなく、個人経営のホテルでした。

駅から七分とあったので、手元の地図をくるくる回しながら、いつものようにホテルに向かっていました。

上を見ると前方に目指すホテルの看板が見えます。

お、今日は早いよ、と思いました。

その一画は道路二本に挟まれた川の中州のようになっていて、お店やスナック、お弁当屋さんなどが立ち並んでいて、比較的明るい感じでした。

私はホテルの看板を探しながら、ガラガラとスーツケースを引っ張って歩いていました。

「〇〇ホテル、〇〇ホテル……ん？」

気がつくと、中州の外側を一周していました。

……ないわけないよね。ちょっと道を戻り、上を見ると、やっぱり看板があります。

……見落としたかな。そう思いまた一周。

でも、ないのです。ホテルの入口が。

……イヤイヤそんなことないでしょ。上に看板あるし。

いつもなら道行く人の力を借りるのですが、上に看板あるんですもん。いくらなんでも着くでしょと思い、また一周。

いったい何周したんでしょうか……そう、ラビリンスです。

なんで着かないの？　いつのまにか私は汗ダクになっていました。

もう一周して駄目なら駅に戻ってホテルに電話しようと心に誓い、ふと逆周りで歩き始めました。

すると、ありました！　看板が。なんで見落としたかなあ……と看板の裏に回ると、字が消えていました。

そして看板の陰に確かに入口はありましたが、狭い上り階段になっていたのです。

これはレベル高過ぎでしょ！

ホテルに着いたのは最寄りの駅を降りて一時間後のことでした。

4. 上野ってどこ？

これはまだ私が出張に慣れていなかった頃の話です。

ある日私は新幹線で仙台から東京駅経由で新宿へ向かっていました。

上野駅に着いたのは定刻通り。でもいつもならすぐ発車するのが、いつになっても新幹線のドアが閉まらないのです。

車内がザワザワしてきたあたりで車内アナウンスがありました。

「東京駅構内で人身事故発生のため、この列車は上野駅にしばらく停車いたします。お急ぎのところ大変申し訳ありません」

え？　しばらくってどれぐらい？

アナウンスを聞いた途端、車内にいた私以外の全員が、さっと席を立って電車から降りていきました。車内は私一人です。

しばらくって言ったって、降りて乗り換え探すより早いよね……。

今なら分かります。分かってます。分からなくてもナビもあります。上野から新宿に行く方法は新幹線以外にもちゃんとあるってことを。

一〇分経ってもなんのアナウンスもなく、電車が動く様子もなくて、さすがにあせってきました。

マズイかも……。

急いで電車を降りて、新幹線出口の駅員さんに聞こうと思いましたが、窓口は人でごったがえしていました。

ヤバイ。お客さんとの約束の時間に遅れる。

会社の携帯を借りてこなかったことを悔やみました。

見ると近くに公衆電話がありました。

急いで会社に電話し、

「もしもし、スミマセン。上野駅で新幹線停まっちゃって。駅員さんも忙しそうで聞けません。私はどうやったら新宿に行けるんでしょうか。新幹線に乗ってた人は全員降りちゃったし……」

最後の方は涙目です。

「落ち着け。大丈夫だから」

部長はいつものことで慣れっこになってきたようでした。

「山手線とか中央線とか、いろいろあるから」

「いろいろって言ったって、私に分かるわけないじゃないですか」

今度は逆ギレです。

「分かった。あのな、上に案内が書いてあるから山手線はキミドリだな。確か階段にもキミドリの線があるぞ」

「キミドリの？　線？」

キョロキョロ周りを見てみると、ありました！　案内板。しかも近くの階段に確かにキミドリの線が。

「ありました！　私、新宿行けます！」

「よーし、よかったな。ちなみに山手線は内回りと外回りとあるが、上野から新宿なら池袋方面の内回りが近いからな」

部長ってすごい。

案内板とキミドリの線のお陰で、私は無事にお客さんのところにたどり着くことができました。

そうです。迷子にならないスキル「ＪＲは路線ごとに色が決まっている」を会得したのです。

オマケですが、次の出張で後輩と一緒だったので、ドヤ顔でこの話をすると、

「先輩、知らなかったんですか……」

と絶句されました。

5. 山手線の怪

私は地理を覚えるのが苦手です。

でも、言い訳じゃないですが、東京って紛らわしくないですか？

目黒に目白、新宿に原宿、そして板橋と新橋。

これはそんな意地悪な地名に翻弄されてしまった私の悲しいお話です。

その日も私は東京方面に出張でした。一つ目の仕事を無事に終え、次の日の仕事場に近いホテルに泊まるため、先輩と板橋で待ち合わせの約束をしました。

ちょうど先輩との通話を切ったあたりで携帯電話のバッテリーが切れました。

まあホテルに着いたら充電すればいいか。今日のホテルは先輩と一緒だから迷子になることはないしね。

そして新宿から山手線に乗りました。あ、内回り外回り確認しないで乗っちゃった。まあ遠回りでも着くから大丈夫だよね。

この頃は私も少し知恵がついてきて、山手線がグルーっと一周するのを知っていました。

「次は～高田馬場」

「次は～池袋」

駅を四つ過ぎた辺りで、

「あれ？　前に来た時、こんなに乗ったかな？」

電車のドアの上に路線図があります。私は恐る恐る確認しました。

「板橋、板橋……ないじゃん。あ、新橋と間違えた」

そう、私は板橋と新橋を勘違いし、埼京線に乗らなければならないところを、山手線に乗ってしまったのです。

携帯電話はバッテリーが切れてしまっていて検索できません。

「次は、巣鴨～巣鴨～」

私は、すぐさま電車を降りました。

そして道行く親切な方に、

「スミマセン。板橋に行きたいんですが、行き方教えてください！」

皆さん親切です。都営三田線というのに乗ると、なんと一〇分ぐらいで着くと教えてもらいました。

私は教えられたまま都営三田線に乗り、予定より四〇分ほど遅れて板橋に無事に到着しました。

改札から出ると、先輩がかなり怒っているかと思いきや、

「携帯つながらないし、何かあったかと心配だったよー」と。

優しさに涙が出ました。

オマケですが、この先輩は私の当時の課長で一番お世話になりました。

背の高い、がっしりした方で、頭が眩しい時があります。

いつもは優しいのですが、たまーに物凄く怒ると、こめかみに青筋が立ってい

て、あ、ホントに怒っている……と思ってじっくり見ちゃっていました（笑）。

一緒に出張に行くと、お客さんから、「もう一人の方、いつみても癒し系ですよねー」と言われたことがあり、どう見ても天使にはほど遠い（ごめんなさい）と思ったので、

「えーと、どこら辺が、ですか？」

と、聞いてみると、

「だって、何かお供えしたくなりませんか？」

と真顔で言われました。

お地蔵さんかい、と気がついたのはナイショです。

オマケのオマケですが、私の方向感覚を絶対信用してくれない（ありがたい）大先輩が昔いまして、新宿から東京経由で帰る出張が何度もあったのですが、

「大丈夫ですよー」

といくら私が言っても、

「あなたの大丈夫は信用できません」

と、中央線の階段下まで必ず送ってくれ、

「東京行きに乗りなさいよ！」

と言ってくれました。

それでも間違えて逆方向に乗っちゃったことがあることは、とうとう言えませんでした。

6. それ間違う？

列車の乗り換えと言えば、上りと下りが同じホームの駅……罠の香りがプンプンしますね。

乗り間違えは数え切れないほどやらかしましたが、電車の中で絶句してしまったことがありました。

上りと下りを乗り間違えるのは日常茶飯事な私。快速と急行乗り間違えもしょっちゅう。

分かりにくくないですか？　特急に快速に急行。

まあそれは置いておきますが、こんな私は被害を最小限に抑えるコツを会得したのです。

乗る前は何度も番線を確認して、電車に乗った後も、まだ気を緩めてはいけません。

「次の停車駅は○○」

必ず次の停車駅を調べておいて、車掌さんのアナウンスを聞いたら一安心です。とはいえ降りる駅まで油断は禁物です。

ある日、東京駅から中央線経由で新宿への出張でした。日帰りで仕事も順調で早く帰途につけました。中央線は何度も乗っていて、後は東京駅を経由して新幹線で帰るだけだ～とホームへ上がっていきました。

ちょうどそこに電車がホームに入ってきました。

「ちょうどそこに電車が」……危険なシチュエーションですね。

私はいつものように電車に乗り込みました。運よく席が空いていて、疲れていた私はラッキーと座り、電車が発車しました。

「次は～中野～中野～」

車掌さんのアナウンスが聞こえます。

え？　中野？　なかの！

そうです……私は「東京行き」に乗らず、「高尾行き」に乗ってしまったのです。

新幹線に乗って、宮城に帰るのに、です。

中央線はそれまでに何度も乗っていますし、新幹線に乗るんだから東京行き乗るでしょ、私。

座ったまましばらく呆然としてしまいました。

6．それ間違う？

普通、それ間違うかな……。

ちょっと前の出張で、駅の改札前でお疲れ様～と別れた後輩がホームに上がってきて、

「先輩そっちの番線、東京と逆ですって。どこ行くんスカ？」

とツッコミ入れてくれたのを思い出しました。

「ちょうどそこに電車が」で、私は何度も失敗しています。分かっているはずなんですがね。

「ちょうどそこに電車が」は罠です。皆さんもお気をつけください。

オマケの話ですが、この後輩は気遣いができる後輩です。お洒落でシュッとしているイケメン男子なのですが、ある時、私がうちの子供たちを連れて、会社のボウリング大会に行った時の話です。上の子は小二、下の子は保育園児でした。

この後輩は面倒見がいいので、子供たちと遊んでくれていました。

さすがだなあと思っていたら、子供たちが、

「キャ〜」

と走ってきます。その後から後輩も、

「違うんですって、待って〜」

と走ってきました。

話を聞くと、後輩は子供たちを喜ばせようと、ＵＦＯキャッチャーで商品を一発でゲットしたというのです。三人で戦利品のカプセルを開けてみると、なんと女性物のパンティ、しかも純白だったようです。

その時からうちの子供たちはこの後輩を、

「白いパンツのお兄ちゃん」

と親しみを込めて呼ぶようになりました。

7. 夕食あるある　その1

7．夕食あるある　その1

出張は移動（お客さんのところに着くまで）が勝負なので、宿泊先については、駅からの距離以外、たいして調べず予約をしてしまうことが多かった私。

夜間外出ができないホテルや近くにコンビニがないホテルもあり、夕ご飯が食べられないこともありました。

ある時、夜間外出ができないホテルに泊まってしまいました。

お腹がすいたので、自販機はないかなぁと一階のフロントに下りてきました。見るとカップ麺の自販機がありました。部屋に湯沸かし機がありましたので、夕ご飯はカップ麺にすることにしました。

——あ、カレー。美味しそう。

とカレーのカップ麺を購入し、割り箸入れを覗くと……ありません、箸が。

——え？　ちょっと。なんでないのよ。

ここのホテルは朝食付きなのでレストランがありましたが、その時間はもう閉まっていました。

――箸ないかなぁ。

真っ暗でしたが、レストランの中へちょっと入ってみました。

しかし、しっかり片づけてあるようで、何もありません。

――出張カバンに入っているかも。

さっそく部屋に戻って、お湯を沸かし、カップ麺にお湯を入れました。

そして、カバンを捜索です。

――ティッシュでしょ、絆創膏でしょ、輪ゴム？　なんで入っているんだろ？

醤油でしょ……（醤油はあるきっかけで出張カバンに常備することになり、あるキッカケで常備するのをやめました）。

――ないよ。割り箸。

カップ麺はいい感じに出来上がって、いい匂いがします。

――手で食べられないかな？

お腹が空いてきたので、カップ麺の蓋を開けて、二、三本指で摘んでみました。

「熱っつ！」

そりゃそうです。

何か箸の代わりになるやつないかなあ。

長くて細いやつ……ん？　鉛筆、は汚いよねぇ。

こうしている間にも、だんだんカップ麺が伸びちゃいます。

ん……洗えば大丈夫！　かな？

鉛筆をボディソープでしっかり（？）洗って、無事にカップ麺を食べることができました。

使い終わった鉛筆は、またしっかり洗いましたが、次の日お客さんと打ち合わせ中に使っていたら、ちょっとカレーの匂いがしました……。

こうして、私の出張カバンには隅っこに割り箸が入るようになりました。

8. 夕食あるある　その2

これは、日本海側の地方に冬に出張した時の話です。

その日は初めて自分ひとりで担当した仕事が一段落したので、頑張ったなあ、今日の夕飯は奮発するぞ……と意気込んで買い物に行きました。

そこは地方でしたが、ホテルから数分のところにスーパーがあり、なんと午前零時まで営業してくれるありがたいところでした。

毎日仕事が遅く、この日も零時近くの買い物でした。

何にしようかなあ。唐揚げ？　エビチリ？　こんな時間ですからお惣菜はあまり残っていませんでした。

ふとお刺身コーナーが目に留まりました。

「うわあ、ピッカピカのハマチ！」

そこには高級感溢れるハマチがありました。

「柵だと切れないから、切り身にしよう」

私は三〇〇〇円ほどの高級ハマチをゲットしました。箸もちゃんと忘れずにもらいました。

意気揚々とホテルの部屋に戻り、一人で乾杯です。

「いろいろあったけど、頑張ったなあ。お疲れー」

そしてお待ちかねのハマチのパックのビニールを取りました……が、何か違和感があります。

「あれ？　醤油って……付いてないんだっけ？」

出張だと食事はコンビニで購入することが多く、そういう場合、醤油は必ず付いています。うちで食べる用にスーパーで買う時はうちのお醤油を使うので（当たり前か）私はお刺身に醤油が付いてないという事実に愕然としました。

時計は零時を過ぎているので、スーパーはもう閉まっています。

「いやあ……醤油なしの刺し身ってあり得ないから。待てよ。テレビで通はワサビだけつけて食べてたな」

醤油はありませんが、ワサビは付いています。

そこでとりあえず一切れ、ワサビをつけて食べてみました。

「辛い……何か美味しくない」

せっかくのテンションがだだ下がりです。

「困ったら、フロントだよね。もしかしてあるかも、醤油」

私はフロントに電話してみました。

「すみません、あの、フロントに醤油なんてあったりしますか？」

「醤油ですか……？　大変申し訳ありませんが、フロントでは取り扱っておりません」

と、丁寧に断られました。

こうして私は二〇切れほどあったハマチのお刺身を、ただモグモグモグモグと食べたのでした。

……本当はとても美味しいハマチだったんだろうなあ。

その次の出張から、私のカバンの隅っこには醤油のパックが二個入ることになりました。

これがまた次の失敗を生むんですけどね……。

皆さん。フロントに醤油はありません！（知ってますヨネ）

9. おせんべい？

前に書きましたが、私は出張の際に「醤油」がなくて、とても悲しい思いをしました。

さらに他の出張では「割り箸」がなくて失敗したことも前に書いた通りです。

いろいろな失敗を経て、私の出張カバンには「割り箸」と「醤油パック」が必ず入るようになりました。

そんなある日、いつものように東京方面へ一泊の出張に出かけました。

ちなみに出張の際は、なるべくカバンはひとつ、多くてもふたつまでと決めています。

それ以上だと、どっかで忘れてしまうからです。

この日は一泊なので、ちょっと大きめの出張カバンをひとつだけ持ち、新幹線で出発です。

カバンには打ち合わせで使う書類、着替え、そしてすみっこに「割り箸」と「醤油パック」が入っていました。

「打ち合わせの書類、確認しておこうかな」

ふと思いつき、足元に置いてあったカバンを膝にのせました。

「ん?」

カバンを開けたとき、なんだか違和感がありました。

書類を取り出す時にカバンの底に手が触れたのですが、

「なんか湿っぽい？」

手のニオイを嗅ぐと、

「え？　醤油？　あ、まさか！」

幸い新幹線の三列席は私一人だったので、隣の席に荷物を恐る恐る取り出してみると、カバンの一番下から醤油パック（しかも破けている）が〝ごめ～ん〟と顔を出しました。

出張のたびに入れ替えるなんてこともせず、結構前から入れっぱなしにしていたので、醤油パックのビニールが劣化していたのが原因かもしれません。

「やっちゃった～！」

慌てて確認すると、私用の紙ファイルがだいぶ醤油を吸収してくれていたようで、思ったより被害は少なそうです。

紙ファイルは仕方がないので、

「がんばってくれてありがとう！」

と声をかけて、新幹線のゴミ箱に捨てることにしました。

書類はクリアファイルに入れていたので大丈夫。

……と思ったら、端っこに茶色の線が見えました。

クリアファイルの隙間から、ちょっとだけ醤油が入ってしまったようです。

「ちょっとだし……大丈夫だよね？」

持っていたコロンをかけて、ティッシュで拭くと茶色も薄くなったようです。

もう一度準備する時間はないし、カバンの中にこぼれた醤油もなんとかキレイにし、そのままお客さんのところへ向かいました。そして在来線への乗り換えも順調にこなし、お客さんのところに辿り着いた頃には、醤油のことはすっかり忘れてしまっていました。

いよいよ時間となり、用意した書類を配り、打ち合わせ開始です。

ところが、最初は気づかなかったのですが、書類のページをめくっていくと

9．おせんべい？

〝フワッ〟とするのです……醤油臭が。

打ち合わせの途中、

「あ、それは前のページに……」

フワ～ッ

「あ、それは最後から一ページ前に……」

フワッ、フワ～～ッ

とうとうお客さんが、

「書類、おせんべいのいい匂いしますね……食べてきたんですか？」

と、笑いながら突っ込んでくれました。

「実は……」

と失敗を話すと、

「最初から気になっていたけれど、言えなかったよ」

と大爆笑してくれました。ありがたいお客さんです。

それ以来、私の出張カバンから「醤油パック」は姿を消すことになりました。

ちなみに出張先でどうしても醤油が使いたくなった時は、ホテルの近くのスーパーマーケットで小さいプラスチックの瓶に入った醤油を購入し、持参したジップロックに入れて持ち帰るようにしましたので、「醤油パック」の失敗はこれ以降ありません。

ただ出張のたびに醤油瓶を購入していたら、冷蔵庫に小さい醤油瓶が何本も並ぶことになり、家族のひんしゅくをかってしまいました……。

10. 戻ってくるサイフ　その1

私は立派な〝方向オンチ〟ですが〝置き忘れの天才〟でもあります。

今まで置き忘れたもののなかには、メガネ、鍵、サイフ、そして携帯なんてものもあります。

10. 戻ってくるサイフ　その1

最近はだいぶ少なくなりましたが、私が探し物をしていると旦那様に、

「首から提げとけ！」

と怒られるのを見ていた娘が、

「サイフでしょ、メガネでしょ、デンワでしょ、カギでしょ、パパ、ママが肩コリになっちゃうよ」

と心配してくれたのを思い出します。

サイフなんて、酔っ払ったりしなきゃ、そうそう置き忘れることなんてあるわけないよ——と思ったアナタ。置き忘れの天才をナメちゃいけません。世の中、罠がいっぱいなのです。

ある時私は近所のスーパーで買い物をして、レジで精算して、いつも通りにカゴから買物袋へ品物を詰め替えていました。

そしていつも通りに帰宅しました。

そしていつも通りに過ごし、寝て、次の日会社へ行きました。

一〇時頃、私の携帯電話に知らない番号から連絡がありました。

「もしもし、朋傘さんの携帯電話で間違いないでしょうか？　私〇〇スーパーの〇〇と申します」

昨日行ったスーパーです。

「お客様、おサイフお忘れになりませんでしたか？」

……え？

慌ててカバンの中を確認すると、

……ない。どこにもありません。

記憶をたどると……あ！

レジで精算した後って、手にサイフ持ったままカゴを持って、買った品物を詰め替える場所に移動しますよね。

そして品物を詰めるのにジャマなので、サイフを台の上にちょっと置いて、品物をちゃんと袋へ入れ、カゴを片づけて、スーパーを出て……。

あ~。サイフ戻してないじゃん。やっちゃった~。そしてサイフがないことに気がつかない……。

会社へは定期で通勤できるので、サイフがなくても気づかないのです(威張るとこじゃないですね)。

おサイフちゃんはその日のうちに引き取りに行きました。

やらかしたあとは、何日かは気をつけるんですよ。でもまた同じことしちゃうんですよね。

その後は小さいカバンを持ち歩くようにし、会計が終わったら次の方の視線は感じつつも、その場でまずサイフをカバンにしまうようにしたら、やっとスーパーへの置き忘れは激減しました。

リスク管理って大事です。

11. 戻ってくるサイフ　その2

私は置き忘れの天才です……と思っているだけで、実は〝サイフが持ち主に戻ってくる天才〟だったのかもしれません。

今までに手と足の指を足しても足りないくらい（ホントに）サイフを忘れているんですが、そのサイフが戻ってくるんですよ。中身がなくなっちゃったことは一回だけです。それも現金以外はちゃんと入っていました。

置き忘れ場所のダントツトップは、自転車のカゴです。ちなみに第二位はスーパーマーケット、第三位は、今はないですが公衆電話です。つい電話の上に置いちゃうんですよねー。

でも、なんで自転車のカゴ？　と思いますよね。

昔はよく夜にコンビニに買い物に行っていました。コンビニだけだからとサイフだけ持って、自転車で出ます。コンビニで買い物をして、袋とサイフを自転車のカゴに入れて家へ戻り、ここまではいいんですが、うちはマンションなので、駐輪場へ自転車を停めると、買い物の袋を持ち、いそいそ帰宅しちゃうんです。

コンビニでくれる袋は品物を入れる大きさですから、サイフは入りません。当たり前か。入るといいんですけどね。

そしてカゴにはサイフだけ。そう、取り残されてしまうのです。

さらに悪いことに、家ではサイフは使いません。ですから、次の日の朝、会社へ行こうとカバンを見ると、ない、ないサイフがない！

昨日自転車のカゴに入れっぱなしだ。

ここでダッシュしてはいけません。

サイフ置き忘れ常習犯の私はバレたら旦那様に叱られてしまいます。

「郵便ポスト見てくるねー」

などとふわ～っと玄関を出てから猛ダッシュ！　です。

駐輪場に着くと、カゴにはちゃんとサイフが。ホッとしてうちに戻ると、たいがい旦那様が玄関で仁王立ちです。

「また忘れたの？」

「ハイ……」

「……」

この沈黙がまた怖いのですよ。

と、こうして私のサイフちゃんは、毎度おバカなご主人に呆れることなく（呆れてるかなあ）無事に戻ってきてくれているんです。

12. 戻ってくるサイフ　ベスト1

置き忘れも、いろいろやらかしました。

これはそのなかでも最高金額の置き忘れのお話です。

それは初めての長期出張のことでした。

私は空路で大阪を経由し、タンゴディスカバリーという、日本海側へ向かう特急電車に乗っていました。

山の中の単線を木の葉っぱが窓ガラスをかすりながら走っていく電車で、とてもスリリングです。そういえば天井もガラスでした。

目的地である網野駅まで三時間半かかるので、ほぼ半日移動です。

最初は、たくさんいた乗客もだんだんと減っていき、車両には私一人だけになりました。

持ってきた本もすべて読み終わった頃、網野の駅の二つ手前の駅で、

「あ、忘れ物ないかな？　確認しよう！」

と、思い立ってしまったのです。

サイフでしょ、着替えでしょ、書類でしょ、それから大事な納品物でしょ。

私は電車の座席にカバンの中の物をひとつずつ出して確認していきました。

ここで忘れ物に気がついたってどうしようもないんですけどね……。

「よし！　完璧」

もうすぐ降りる駅に着きます。私は出した物をまたカバンにしまい、元気に電車を降りました。

改札を抜けて時計を確認すると、お客さんとの約束よりだいぶ早い時間でした。

「そうだ、早く着いちゃいましたってお客さんに電話してから行こう」

そう思い、公衆電話を探しました。そう、この頃はまだ携帯電話は普及していなかったんですよ。

駅にある公衆電話を使おうとサイフをカバンから出そうとして……

ない。ない。なーい！

どんなにカバンの中を探してもサイフはありません。その時の私の顔には、漫画でよくある「ガ～ン」という縦線がたくさん引いてあったに違いありません。

三泊四日の飛行機で行く出張。当時「カード」なんていうのもまだ普及前でしたので、財布には一〇万円弱のお金が入っていました。

「ど～しよ～」

私は一瞬にして一文なしです。

落ち着け、私！　電車に乗る前サイフから切符出したよね。うんうん。てことは……電車だあ！！

私は駅員さんに、

「スミマセン！　電車にサイフ忘れちゃったみたいなんです！」

だいぶ前のめりで話しかけました。

「じゃあ確認しますね。座って待っててくださいね」

座ってなんかいられません。

サイフー、どうしよ～。サイフー、どうしよ～。

待っている時間はもの凄く長く感じられました。

「ありましたよ。おサイフ。よかったですねー」

駅員さんが仏様に見えました。

「さっきの電車、夕方この駅通るから、その時、持ってきてもらいますね」

「ありがとうございます！」

ほっとして、座り込みそうになりました。これでお客さんとこに行ける……

ん？　お金ないじゃん。どうやって行こう？

一人で喜んだり悲しんだり百面相しているのを見て、駅員さんが、

「お困りでしょう？　よかったらお貸しします」

と一万円を差し出してくれました。

「ありがとうございます！　借用書かきます！」

「いいですよー。夕方におサイフを取りにみえた時に返してくださいね」

ほんっとに素晴らしい駅員さんのおかげで、私はお客さんのところに無事たどり着けたのでした。

私のサイフは、網野で私が降りていく姿をどんな気持ちで見送っていたのか、

聞けるものなら聞いてみたいです。

オマケの話ですが、お客さんに事情を話して夕方駅に行こうとしたら、車で駅まで送ってくれました。

網野って素晴らしいとこです。そんなこともあり、私の大好きな町のひとつになりました。

13. ポストに入れちゃいけません

私は電車で会社に通勤していますが、こんなことがありました。

一二月のある日、年賀状を出そうと家からカバンに入れて電車に乗りました。急いでいたので年賀状はバラバラです。

——このままじゃ、郵便局の人困るよね。

なんとなくそう思い、カバンにあった輪ゴムで纏めました。

そのまま普通にポストに投函して出勤し、いつものように仕事をしていました。

お昼休みになり、電話が一本入りました。

「銀行からお電話ですよ」と後輩の女性。

ん？　銀行？　なんの用かな？　と、とりあえず出ると、

「〇〇会社の朋傘さんで間違いないですか」

「はい、そうですが……」

また何かやらかしたのかと思い、恐る恐る答えました。

「今日、ポストに当行の通帳を投函されませんでしたか？」

……絶句。

「私のですよね？」

一応確認するも、

「ええ。会社の給料振り込みのやつですよ」

なんということでしょう。年賀状と一緒に通帳を輪ゴムで丁寧に纏め、ポスト

に投函してしまったのでした。

「通帳はね、ポストに投函されると困りますから」

そりゃあそうでしょう。知っていますって。

「スミマセン。どうしたらいいでしょうか？」

「〇〇郵便局さんで預かっているそうですよ」

私は早速郵便局へ電話したところ、

「他の郵便物と一緒にポストに配達しておきましょうか？」

今なら身分証明書を持って取りに行ったとは思いますが、だいぶ前の話なので、

次の日無事にうちに戻って参りました。

私の通帳は普通の一生では経験しないはずの、

「ポストに入れられ郵便局に持っていかれる」

「仕分けされそうになる」

「配達員さんに配達される」

という貴重な経験をしてしまいました。

通帳の声が聞けるなら、是非ポストに投函された時の気持ちとか、ポストの中で他の郵便物から、なんて言われたかとか聞いてみたいです。

――皆さんはくれぐれもマネしないでくださいね。

オマケの話ですが、この時の電話を取ってくれた後輩の女性は、美人で仕事のできる人物です。昔はケンカをするとどっちも譲らず、室温が〝かな～り〟低くなって他の後輩たちはハラハラしていたようです。今でも大事な同志です。

14. 恐怖！ 閉まらないドア

出張先では、いろんな宿泊先にお世話になりました。

ホテルじゃなく和風の旅館に泊まったことも、共同の洗面台に大量のカメムシがいて〝ギャ～〟となったこともありました。

一人なのに十畳もありそうな部屋に通され、ポツンと布団が敷いてあるのを見て、ちょっと寂しくなったこともありました。

シェアハウスのようなところを予約してしまい、部屋にもお風呂にも鍵がなく、グッスリ眠れなかったこともありました。荷物は何も盗られなかったですが。

そんななかで、最も印象に残っている宿泊先のお話です。

地方の町のなかに、ビジネスホテルと名のつくところが一軒しかなかったので、そこを予約しました。

到着したのが二一時過ぎ、まあ自分としては早い時間のつもりでした。

ホテルの入口の電灯は切れかかっていて、点滅しています。

「こんばんは」

フロントに誰も居ないので声をかけてみましたが、出てくる気配がありません。

フロントのテーブルを見ると紙と名前が書いてあり、横に鍵が置いてありました。私の名前もあります。

「これって自分の部屋のを持っていけってこと？」

何回かチンと鳴らしても声をかけても、フロントに人が出てくる気配はありません。仕方なく鍵を持って部屋に向かいました。

階段を上がっていくと踊り場があり、全身が映る大きな鏡があります。踊り場の電気も、なんだか暗い感じです。

「ちょっと怖いなあ」

そう思いながら二階の廊下を進んでいくと、鍵に書いてある番号の部屋がありました。

鍵がかかっているので開けてみました。電気をつけてみると、別にオバケはおらず、普通の畳の部屋に布団が敷いてあります。

ちょっと安心して部屋に入り、ドアを閉めると、

〝ギイイ〟

ドアが閉まってくれません。

「え？　なんで？」

もう一回閉めます。

〝ギイイ〟

開いてしまいます。

そこでちょっと強めに閉めてみます。

〝ギイイ〟

今度はキッチリ強めにノブを引っ張って閉めてみます。

〝ギイイ〟

何回やったでしょうか。何度やってもドアは開いてしまいます。

「どうしよう……」

荷物を置いて一階のフロントに行き、

「すみませ～ん」

と声をかけても、チンと何回鳴らしても誰も出てきてくれません。

これはもはやドアを開けたまま寝るしかないのかと諦めて二階の部屋に戻り、部屋の中を見渡すと電話がありました。旧式の受話器が重いやつです。今じゃ見たことがない人の方が多いだろうなあ。

電話の横に「フロント９」と書いてあります。

私は恐る恐る「９」を押してみました。

トゥルルー、トゥルルーと鳴って、

「はい、フロントです」

出るんじゃん！

「あの……部屋のドア、閉まらないんですけど」

と言うと、その方は、

「あー。バンって閉めてください」

はあ？　バンって何さ。

「バンってやってみてください。駄目ならまた電話ください」

チンと切られちゃいました。来てくれたりしないんだ。

自分でなんとかするしかありません。

ドアに向かい、勢いをつけて、うちだと、

「もっと静かに閉められないの。壊れちゃうでしょ！」

と怒られそうな強さで思いきって閉めてみました。

〝バンッ〟

しまった！　じゃなくて閉まったー。ギイイってならない！　やっとドアを閉めることができました。

ちなみにそのホテル、外出は二十二時までだったようで、気がついた時はその時間をすでに過ぎており、当然ながらホテルの中にレストランなどなく、その日は自販機の柿ピーとナッツが夕ご飯となりました……。

さらにテレビが一〇〇円入れないと点かない旧式の物で、小銭もなく、テレビも見られずに過ごしました。

その後二回ほどこのホテルにお世話になりましたが、コンビニでお弁当をゲットして、一〇〇円も二、三枚準備していったので、次からはそこそこ快適でした。

15. 双子のビル

「乗り間違い」に「忘れ物」……私にはいろんな特技がありますが、これはもう一つの特技である「思い込み」に関するお話です。

私が関東方面のお客様との会議に出席した時のことです。

初めてのお客様だったので、最寄り駅からの地図を印刷し、乗り間違えても大丈夫なように三〇分早い到着時間を予定し、完璧なハズでした。

最寄り駅に珍しく早めに到着し、目的地のビルを目指しました。

地図を見ながら、テクテクテクテク歩いていくと、地図のビルがありました。

お、今日はイケてるアタシ。

この「イケてる」は「ヤバイ」の間違いだったのですが。

ここまで来たら間違えようがないと私も思っていました。

地図でお客様の事務所の階数を確認し、エレベーターに乗りました。

そしてその階に無事に到着。その階の案内板も発見し、さて、

「〇〇株式会社さんはどこかなあ」

ところが何回見ても、目指すお客様の会社名は見つけられません。

階を間違えたかな？　と地図を見ても合っています。

「マジ？　あたしビル間違えた？」

慌ててエレベーターに乗り、ビルの外側にいったん出ました。

ビルの名前が書いてある標識を見つけ、地図で確認しましたが合っています。

私は訳がわからなくなってしまいました。

「こういう時は深呼吸。すーはー」

もう一回地図を見ても、ビルの名前、階数、会社名全部合っています。

私は見落としがあったのかなと、もう一回エレベーターに乗りました。

到着し、またもや階の案内版とにらめっこです。でも、何度見てもありません。

私は途方に暮れてしまいました。

「もうダメだ。下に下りて、外から会社に電話しよう」

エレベーターに乗り、行先階を押そうとしたその時でした。

「ん？　ビルの名前が書いてあるなあ。〇〇ビル。うんうん、合っているのにな
あ。ん？　その下のサウスウイングってなんだ？　どっかで見たな……」

いやーな予感がして、私は持ってきた地図を恐る恐る見てみました。すると
……、

「〇〇ビル　ノースウイング　〇階」

と書いてあるじゃないですか。

「ギャ〜。サウスとノース間違えた〜」

慌てて外に出て周りを見渡すと、ありました。もう一つビルの入口。そして、

「○○ビル　ノースウイング」

と、書いてあります。

「そっちかよ……」

そう、このビルは双子のビル、私は見当違いのビルで放浪していたのでした。

16. バス停の恐怖

私は電車での出張が多かったのですが、長距離バスでの移動もけっこうありました。

ここ仙台市から移動する場合、高速バスの乗り場は二か所あり、例えば山形の庄内方面だとバスターミナルから、福島の会津若松方面だと駅東口から出発します。当たり前ですが、行く先によって変わるんですよね。

……危険な香りがしますね。

ある時期、今週は会津若松、次の週は庄内というのを繰り返していたことがありました。

何度もやっていて、慣れもあったかと思います。

その日は会津若松に出張でした。朝七時四五分発なのを確認し、ぼ～っとバスターミナルの椅子に座っていました。

随分時間が過ぎて、あれ？　発車のアナウンスないなあ……と思って時計を見ると、八時ちょうどです。

……いやーな予感がして、慌てていつものバス停に向かいました。

そう、会津若松行きのバス停はここにはなかったのです。

ま、間違えた……。

でもここからのリカバリーがこの時は早かったのです。

待て待て、会津若松って電車で行けなかったっけ？

この頃は携帯も普及しだして、「乗換案内」を使いこなせるようになってきていました。

仙台駅から会津若松まで新白河で乗り換えれば、行ける！

そこからダッシュで仙台駅に向かい、見事に八時一七分発のやまびこに乗ることができ、お客さんのところへ予定通り着きました。

この経験をもとに、高速バスでの出張の時はバス停で必ず行き先と出発時間を確認してから、ぼ～っとするようになりました。当たり前かな。

17. 震災の忘れ物

これを書いている今日は三月一一日、そう、東北地方を襲ったあの震災の日、あれから一〇年という月日が経ちました。あの時から変わったものもあれば、変わらないものもあります。

長女のりさが中学三年生、次女のなみが小学六年生でした。

しばらくお風呂に入れなかったり、食べるものが限られたりしましたが、うちは大きな被害もなく、家族全員無事でした。

でも、家族全員無事だったからこそ、今でもあの時の気持ちを思い出すと、申し訳ないようなにがい気持ちになります。

自分たちは無事でゴメンナサイ、みたいな。

うまく表現することはできないけれど、やっぱり『生きる』ことはつらかったり、かなしかったりするからこそ、少しでも笑顔でいて欲しい……と切に願っています。

そんな大変な日に、忘れちゃった大事なもののお話です。

私はあの日、うちから車で一五分ほどのお客さんのところにいました。

ロッカーが並ぶ部屋にいて、もの凄い揺れで、さすがに死ぬかもと思ったことを覚えています。

三階にいたのですが、大きな揺れが収まって、すぐに、

「避難用の出口から出てください」

と声がかかり、お客さんと一緒に移動しました。

避難用の出口は建物の外側で、コンクリートのすべり台のようになっていました。

「げ、スーツ汚れちゃう……」

なんてつぶやいてしまったのですが、

「そんなこと言っている場合じゃないでしょ！」

と係の人にグイッと座らされ、グイッと押され、けっこうなスピードで三階から一階まで下りてきました。

仕事している場合じゃないということで、その場でお客さんとは解散することにしました。

いつもは忘れ物が多いのに、この日、私はカバンもさらにコートもいつ持ったのか思い出せませんが、ちゃんと持っていました。

さらに長女のりさが一人でうちにいることを思い出し、シューターで下りる前に家に電話をかけていました。その後、会社に電話しても、旦那様に電話しても通じなくなってしまいましたが。

なんとかうちに帰ろうとするけど、歩くしかないなあと思っていましたが、タクシーの運転手さんが、うちまで乗せていこうか？　と声をかけてくれました（もちろん有料でしたけど）。

ありがたいことに、私は地震発生から三〇分も経たずにうちに帰ることができたのです。

うちの玄関を開けると、りさが泣きながら出てきました。

怖かったと思います。

ただその格好が避難用のリュックを背負い、頭にライトをつけ、右手にピー太（ペットのインコ）をつかんでトイレから出てきたので、安心して笑ってしまいました。

なぜトイレ？

聞くと最初はテーブルの下にもぐったものの揺れが長くて怖くなり、確かテレビで地震の時は、柱がしっかりした部屋にいると助かると言っていたのを思い出し、ピー太をつかんでトイレに逃げたと。

電気が点かなくなったので、避難グッズの中にあった頭に付けるライトをピカーッと光らせて、出てきたのです。

ちゃんと自分で自分の身を守ろうとしてくれたんだなあと感心しました。

まだ余震はちょこちょこありましたが、二人になったことでなんだか安心して、家の中の状況を確認してみました。

あの頃はまだ我が家では、ＤＶＤではなくビデオテープの時代でした。本棚にしまってあったビデオテープが散乱しています。

花瓶やコップが落ちて割れてしまった物もありました。

電気は点かないし、水栓をひねっても蛇口から水は出ないし、もの凄く不思議な感覚でした。

　りさと手分けして話をしながら片付けをしていましたが、

「パパ、大丈夫かな？」

「まだ携帯繋がらないけど大丈夫だよ」

「歩いて帰ってくるのかな？」

「そうだね～。大変だね」

　一時間ぐらい片付けた頃に、りさが、

「あれ？　なーこはどうやって帰ってくるのかな？」

　と小学六年生の妹を気遣いました。ちなみに次女の名は「なみ」ですが、りさは親しみを込めて「なーこ」と呼んでいます。

「そのうち帰ってくるんじゃない？　ん？」

　いつもだとそろそろ帰ってくる時間ですが、そういえば、こういう時はどうするんだっけ？

「ねえ、迎えに行くんじゃない？」

こうしてお姉ちゃんのりさと二人で、てくてく小学校へ向かいました。

こんな風に書いていると、大きな地震が来たのに緊張感もなく、なんだろうと思われるかもしれませんが、テレビは電源が入らず、うちにはラジオもなく、地震の後に津波が沿岸部を襲ったことも知らず、長女のりさと会えたことで旦那様にも次女のなみにも、当たり前に会えると疑っていなかったのです。

途中から冷たい雪が降ってきました。傘をさして無事に小学校に到着しました。

児童たちは体育館に集まっていて、なみもみんなも無事でした。

「遅いよ！　みんなじゃあね」

「バイバイ、また明日ね」

いつもの声が響きます。

結局、夜には旦那様も無事に帰ってきて、うちは家族にも家にも大きな被害はありませんでした。

でも、その時家族とお別れしなくてはいけなかった方や、恐怖と戦っていた方がいたんですよね。

家族が「行ってらっしゃい」から「ただいま」まで無事過ごすこと、今日と同じように明日が来ることが当たり前じゃないんだ……ということを学んだ体験でした。

家族は宝物です。

地震で、いつもの状態とは違っていたことはありますが、私は宝物を迎えにいくのを忘れてしまったのでした。

18. 挨拶は大事

これは次女のなみが高校生の時のお話です。

県で強豪の部活に入ったなみ、当然親も部員の親一年生、不思議な決まりごと

（？）がたくさんありました。

その一つが「先輩の親には後輩の親から挨拶すること」。どっちが先でもいいのにと今でも思っていますが、当時は必死。朝、娘を送って、先輩の親から何かあればパタパタ指示をこなします。

この日も、挨拶を先輩の親から先にさせちゃったら大変です。私は視力が低いので、とりあえず誰でもいいのですれ違う方、立っている方には、

「おはようございます」

「こんにちは」

とやっておりました。

バケツに汲んだ水を運んでいる途中、右前方に立っている方を発見。

通り過ぎる時に、いつも通り、

「こんにちは」

と、声をかけました。

と、後ろから同じ部の同級生の親の大爆笑が聞こえます。そして私がさっき挨拶したあたりを指差しています。

「なんで笑うんだろう?」

と顔を上げると、立派な銅像さんが身動きせずに立っていたのでした。

挨拶は大事です。いいんです、銅像さんにしたって。

私は教えてもらうまで、毎回その銅像さんに挨拶していたようでした。

19. 忘れグセは遺伝する

私は忘れ物の天才という話をしましたが、これは我が子たちの話です。

長女のりさが小学校低学年の時でした。

ある日の朝、玄関でズックを履いているところを見送ろうと見ていたのですが、月曜日でいつもより荷物が多いようです。

体育着に習字道具に絵の具セットに給食の白衣もかあ。大変だなあと見ていました。

りさはそれらを順番に手に持ち、

「行ってきます！」

「行ってらっしゃい！　気をつけてね」

と、いつものように元気にうちを出ました。

と、玄関に、なんとランドセルさんがいるではありませんか。

え？　なんで君いるの？

と一瞬ランドセルを見つめていましたが、慌ててランドセルを引っつかみ、玄関から走って廊下へ出ました。

うちはマンションの二階でしたので、廊下の端までダッシュし、

「りさー！　ランドセル〜」

我が子は友達と歩いていましたが、自分の背中を二度見してダッシュで戻って

きました。

よりによってランドセルを忘れるって……と思いましたが、そういえば昔、私にもありました。そんな記憶。

あれも確か小学校の頃です。

友達が迎えに来て、仲よく二人で歩いていました。

学校の校門前まで来たところ、遠くから、

「あきちゃ～ん、あきちゃ～ん」

と私を呼ぶ声がします。

振り返ると、母がサンダルでダッシュしてくるではありませんか。

そして、手には真っ赤なランドセル。

私も自分の背中を二度見した記憶があります。

恥ずかしいので一緒に登校していたのんちゃんに、

「なんで気づいてくれないのよー」

と言ってしまいました。のんちゃん、ごめんね。

中学生の時に、持ってくるのを忘れたお弁当を届けてくれたのもお母さん、着てくるのを忘れた制服の上を届けてくれたのもお母さんでした（ちなみにお弁当は授業中に後ろの席から回ってきて、制服は学校に着いて上着を脱いだ時に着ていないことに気づき、お母さんが届けてくれた二時間目の途中まで、上着を脱ぐことができませんでした）。

……ありがとう、お母さん。

と、こんな私ですが、お母さんが、

「あきちゃ～ん、お母さんのメガネ知らない？」

と、よく言っていて、その額にメガネがあるのを何度も見ています。

そうです！　忘れグセは立派な（？）遺伝なのです。

20. オマケの話

冒頭にも書きましたが、私は「できる＝カッコいい」自分が大好きで、「失敗＝カッコ悪い」自分は大嫌い。そして会社の先輩や後輩はカッコいい私を認めてくれていて、好かれていると思っていました。

ある日給湯室のあたりで後輩たちが雑談している声が聞こえました。

「昭さんってさ、仕事できるかもしれないけど、ガツガツしてて、一緒にいると疲れるよね～」

「分かる。分かる。何か自分も目一杯頑張らなきゃってなるもんねー」

私はそれまで自分の仕事にものすごく自信がありました。みんなもそう思ってくれていると勘違いしていました。

私は気がつかないうちに、社内にイライラや不満、いろんな毒を撒き散らしていたんです。

でも、その時は、

「あんたたちより、よっぽど凄い仕事してるんだから」

と、まったく気にもしませんでした。

その後も出張先で迷子になったり、電車を乗り間違えたりするたびに、

「なんで私ばっかりこんな目に遭わなきゃならないの？」

と、イライラして、失敗ばかりする自分を責めていました。

そんな私の人生を変えるような一言をもらったのは、ある出張の報告をした時でした。

私の仕事の報告と失敗の報告を一通り聞いたあとに、

「笑いすぎてお腹が痛いよ。次はどんなことしてくれるか楽しみにしてるよ」

最初は大笑いしている部長に腹が立ちました。

でも、私の心は〝ふわっ〟と軽くなったのです。

次の出張から帰社した時も、その次の出張から帰社した時も、同じように大笑いです。部長に報告に行かないと、「出張どうだった?」と聞きにきてくれます。

そのうち、出張中に何かやらかしても、イライラすることも自分を責めることもなくなり、

「あ、これは是非報告せねば」

と、思っている自分がいました。

その頃から私は出張が、失敗する自分が好きになりました。

不思議なもので、そのあたりから私は何事にもあまりイライラしなくなったようです。

しばらくして後輩の一人から、

「昭さんっていつも笑ってますよね」

と言われたのが、とても嬉しかったことを覚えています。

この部長には、出張帰りの新幹線で缶ビールをごちそうになることが多かった

のですが、熱く語りすぎるのが玉にキズでした。

ある時、私の答えに怒ってしまい、

「今すぐ降りろ！」

と言われたことがありました。

「え？　新幹線だし……」

と、思っていたら、

「いい。俺が降りる」

と、荷物を持って車両を移動してしまいました。

次の日、会社へ出勤すると、

「いやあ。昨日は酔っ払っちゃったなあ。飴食べる？」

と、飴をもらいました。

この技はチョイチョイ使われましたが、なんだか腹も立たなくなるスーパーな技だったかもしれません。

部長は、なんの話で怒ったかきっと覚えていないでしょう。

おわりに

「幸せな人がたくさん笑うんじゃなくて、たくさん笑う人が幸せになる」

昔、何かに書いてありました。

生きていればいろんなことがあります。

「笑えるわけないじゃん」

ホントですよね。

でも、そんな時ほど笑ってみてください。

心からじゃなくたっていいんです。

勝手かもしれませんが、私はみんなで幸せになれればいいなと思っています。

この本は皆さんに笑ってほしくって書いたものです。

「プッ」でも「ハハッ」でもいいんです。

笑ってもらえたら……私の勝ちです。
失敗はカッコ悪いかもしれません。
落ち込むこともあるかもしれません。
でも、そんなあなたも含めてかけがえのないあなただと思うのです。

――「失敗」
それは誰かの笑顔にきっと繋がっています。
その誰かの笑顔はまた知らない誰かの笑顔に繋がっているかも知れません。
失敗は笑顔の種です。
だから皆さん、これからも失敗して、笑顔の花を咲かせましょう。

最後まで読んでいただいて、ありがとうございました。
あなたの今日が、笑顔いっぱいの一日でありますように。^_^

最後に、今まで応援してくださった方々の応援メッセージです。皆さんありがとうございます！

応援しています！　歌でみんなに笑顔を届けます
『道夢』
色のない世界　藤那 カイサ
星のいない夜に　双陽 マサヤ
Now On Sale!

応援しています！　ヘアースタイルも心もリフレッシュ
スタイルフォーライフ プリモ　安斎 秀晴

応援しています！　あなたと自転車を笑顔で走らせる
宮古サイクル商会　盛合　恵美子

応援しています！　大地のパワーをみんなのパワーに！
ROUTE006

北京オリンピック　ソフトボール　金メダリスト　三科　真澄

著者プロフィール

朋傘 昭（ともかさ あき）

1970年10月17日生まれ。
岩手県出身、宮城県在住。
義父母の介護にくたくたになりながら会社員として奮闘中。

失敗のススメ

2022年 8 月 5 日　初版第 1 刷発行

著　者　朋傘 昭
発行者　瓜谷 綱延
発行所　株式会社文芸社
〒160-0022　東京都新宿区新宿1－10－1
電話　03-5369-3060（代表）
03-5369-2299（販売）

印刷所　株式会社エーヴィスシステムズ

© TOMOKASA Aki 2022 Printed in Japan
乱丁本・落丁本はお手数ですが小社販売部宛にお送りください。
送料小社負担にてお取り替えいたします。
本書の一部、あるいは全部を無断で複写・複製・転載・放映、データ配信することは、法律で認められた場合を除き、著作権の侵害となります。

ISBN978-4-286-23882-1